四大名著·漢語拼音版

水滸傳

原著 施耐庵

新雅文化事業有限公司
www.sunya.com.hk

目錄

【洪太尉誤放眾妖魔】 8

【史進大鬧少華山】 12

【魯智深拳打鄭屠戶】 16

【林沖被逼上梁山】 20

【楊志護送生辰綱】 25

【智多星巧取生辰綱】 30

【阮家兄弟大敗官兵】 34

【宋江怒殺閻婆惜】 38

【景陽岡武松打老虎】 44

【武松怒殺西門慶】 48

【醉武松拳打蔣門神】 52

【蔣門神血濺鴛鴦樓】 56

【清風寨宋江會花榮】 60

【清風山花榮抗官兵】 64

【赴江州宋江屢遇險】 68

【潯陽樓宋江寫反詩】 72

【梁山泊好漢劫法場】 76

【真李逵怒殺假李逵】 80

【李逵風沂嶺殺四虎】 85

【時遷偷雞惹出禍】 88

【宋江攻打祝家莊】 92

【吳用智取祝家莊】 96

【朱全無奈上梁山】 100

【莽李逵斧劈羅真人】 103

【公孫勝鬥法破高廉】 108

【鈎鐮槍巧破連環馬】 113

【宋江智取華州城】 117

【晁蓋曾頭市中箭】 120

【智多星計請玉麒麟】 124

【眾好漢三打大名府】 128

【再打曾頭市宋江報仇】 132

【眾英雄梁山排座次】 136

【元宵節宋江會師師】 140

【童貫領兵攻梁山】 144

【高俅率水軍鬥羣雄】 148

【高俅船上被活捉】 152

【宿太尉梁山泊招安】 156

【宋江率軍征南北】 160

【梁山好漢生死別】 164

人物介紹

▲宋江：原為官府小吏，後成為梁山泊首領。

高俅：官至太尉，是個大奸臣。▶

◀林沖：原為八十萬禁軍教頭，後被高俅所害，上了梁山。

史進：梁山泊好漢，人稱「九紋龍」。▶

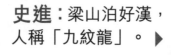

晁蓋：梁山泊總寨主，▶
後在一場戰鬥中被箭射
中死去。

▲楊志：綽號「青面獸」，
後上了梁山。

▲吳用：聰明多智，
是梁山泊的軍師。

喝！

魯智深：嫉惡如仇，因▶
為打死惡霸，遭官府追捕，
上了梁山。

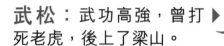

武松：武功高強，曾打
死老虎，後上了梁山。

救命～

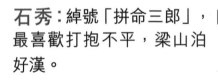

李逵：性格魯莽，但忠
誠，梁山泊好漢。

石秀：綽號「拼命三郎」，
最喜歡打抱不平，梁山泊
好漢。

公孫勝：道士，有一身
道術，能呼風喚雨，後上
了梁山。

盧俊義：原為大名府富商，武功高強，後成為梁山泊第二位首領。▶

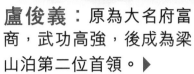

花榮：宋江的結拜兄弟，原是清風寨的副知寨，後上了梁山。▶

呼延灼：原為朝廷武將，後上了梁山。▼

關勝：原為朝廷武將，▶後上了梁山。

洪太尉誤放眾妖魔

宋朝時有一年，瘟疫橫行，百姓死亡無數，有些大臣建議皇帝向老天祈福，於是皇帝便派大臣洪太尉到龍虎山去請些神仙來把妖魔鬼怪趕跑。洪太尉到了龍虎山，找了很久也不見神仙的影子，反而見到山上有座伏魔殿。伏魔殿的大門鎖得緊緊的，而且還貼上封條。

洪太尉很好奇，於是想進去看一看，但是他費了很大力氣都打不開門。

原來這個伏魔殿是一羣魔王住的地方！他們霸佔這個地方已經有一百多年

le 了，yì zhí dōu bú ràng rén jìn qu 一直都不讓人進去。chuán shuō zhōng zhè qún 傳說中這羣

mó wáng bú dàn miàn mù chǒu lòu ér qiě hěn xiōng è 魔王不但面目醜陋而且很兇惡，jīng cháng 經常

chū lái zuò huài shì 出來做壞事。yīn cǐ 因此，dà jiā dōu quàn hóng tài wèi bú 大家都勸洪太尉不

要把門打開。但是洪太尉太好奇了，一定要看看這些魔王的模樣。他叫人把門撞開，見到大殿中間豎着一塊巨大的石碑。

洪太尉繞着石碑走來走去看了大半天，也看不出有什麼特別之處。於是，他叫人把石碑推倒。想不到石碑底下的洞裏突然傳出一陣轟隆隆的響聲，一股黑煙「唰」的一聲噴了出來，一直衝到天上，在空中散作百道金光，向着四面八方奔去。人們在黑煙裏爭先逃命，非常恐慌。洪太尉嚇得目瞪口呆，面如死灰。

史進大鬧少華山

東京城裏有一個名叫高俅的人，整天遊手好閒，不學無術，但踢得一腳好球。一天他替人送禮物給端王。到了端王府，正好碰見端王在踢球，球向高俅身上飛來，高俅一見，立即把球傳到端王的腳下。端王覺得高俅踢球踢得不錯，正好可以陪他練球。從此之後，高俅每天跟隨在端王身邊，陪他踢球，慢慢地，高俅成了端王的親信。

端王後來做了皇帝，就提拔高俅做了殿帥府太尉，掌管國家兵馬大權，他

到任時，府內眾將都前來參拜，可是差了一個八十萬禁軍教頭王進，他正患病在牀。高俅覺得王進不給自己面子，就派人來捉拿他，王進嚇得逃跑了。王進到了史家莊，見到莊主的兒子史進正在耍大棒。這青年棒法熟練，不過還有破綻。王進看了一會説：「這棒使得好，只是還有一些破綻。」史進大怒，就要和王進較量。王進沒奈何，只好和他比試起來。王進很快就把史進打敗了，史進對他十分佩服，立即拜他為師。

史家莊附近有座少華山，山上聚集一大羣人，他們經常到華陰縣搶東西。

史進知道後，決定
去教訓他們。史進在王
進的教導下，武藝早已大
大提高，他揮舞起大
棒，很快便把這
羣人打得大敗而逃。

魯智深拳打鄭屠戶

一天，史進和朋友魯達、李忠一起

去吃飯，忽然聽到很悲傷的哭聲傳來。

原來有位姑娘受了當地惡霸鄭屠戶的欺

凌和欺騙，要靠賣唱還債。魯達聽完姑

娘敘述她父女倆的悲慘遭遇後，十分氣

憤，衝到肉舖去把鄭屠戶狠狠地教訓了

一頓。想不到鄭屠戶受不了

幾拳，竟被打死了。

官府派人捉拿魯

達，魯達沒辦法，

就到五台山出家

做了和尚，名字也改了叫魯智深。一天，因天黑了，他到劉太公家借宿一晚，知道一個叫周通的人想強搶劉太公的女兒做妻子，他氣極了，設計把周通狠狠地打了一頓。周通找到好朋友李忠來對付魯智深。想不到李忠和魯智深竟然是朋友。周通知道自己的行為錯了，便向他們道歉，三人就此成了好朋友。

不久之後，魯智深來到京城的一座
廟裏，廟裏的長老安排他住下來並分配
他看管菜園。廟的附近住着一批小流
氓，他們見魯智深是新來的，便想欺負
他。魯智深怎會那麼容易被欺負？他一
出手就把這些人打得大叫救命，並且當
着他們的面大叫一聲，伸手將一棵很粗
的柳樹連根拔起！那些人嚇得呆了，再
也不敢欺負他！

林沖被逼上梁山

在這裏，魯智深和一個叫林沖的人成了好朋友。林沖是八十萬禁軍教頭，他武藝高強，為人正直，人稱「豹子頭林沖」。林沖的妻子長得很美，被高俅的兒子高衙內看中了，高衙內怕林沖壞了他的事，就誣陷林沖，並向高俅告狀，高俅就把林沖關起來。

林沖被發配到滄州坐牢，但高俅父子仍然不肯放過他，要置他於死地。他們暗中找人收買了押送林沖的兩個差人，叫他們在路上沒有人看到的地方殺

死林沖。一天，林沖和押送他的差人走
到樹林茂密的野豬林，林沖累得立即坐
在樹下休息。突然，這兩個差人舉起手
上的武器要殺死林沖。千鈞一髮之間，
魯智深跳出來救了林沖。原來，魯智深
一路上暗中保護林沖。林沖請魯智深饒

了想殺他的兩個差人，並繼續跟他們去
服刑。一天，林沖他們來到一個酒店想
吃飯，酒店的老闆說村子裏有一個叫柴
進的人，非常喜愛結交各路朋友。林沖
以前曾聽說過柴進的名字，便決定去投
奔他。而柴進也早聽過林沖的名字，見
到林沖到來十分高興，連忙把他迎進門
來，並備上酒菜款待他，二人一面飲
酒，一面聊天。

二人正聊着，柴進家裏的武師洪教
頭來了。洪教頭看不起林沖，見到柴進
如此尊重他，心裏更加不高興，於是，
他提出要和林沖比試一下武藝，想借此

羞辱林沖。林沖本想推辭，但柴進鼓勵

他，於是就答應比試。二人過起招來，

洪教頭哪裏是林沖的對手？沒幾個回

合，他就被林沖一棍子打翻在地上，眾

人哄堂大笑，他羞慚滿臉地走了。

　　林沖在莊上呆了六七天，差人催着

要走，於是柴進寫了兩封信，給滄州府

尹和牢城看守，叫他們照顧林沖。

　　林沖到了滄州，先是被安排在一間

廟堂裏做燒香掃地的工作，後來被分配

到草料場工作。想不到，原來這也是高

俅父子的陰謀，他們派人放火燒了草

料場，想把林沖燒死。林沖再也忍不

zhù le tā shā sǐ le zhè xiē xiǎng shāo sǐ tā de rén rán
住了，他殺死了這些想燒死他的人，然

hòu mào zhe máng máng dà xuě táo mìng xiàng liáng shān zǒu qù
後，冒著茫茫大雪，逃命向梁山走去。

楊志護送生辰綱

當時大雪紛飛，北風怒號，天氣異常寒冷，林沖走着走着，看到湖邊有家酒店，就走了進去，店裏有一個人正在邊喝酒邊看雪景，林沖與他聊起來，原來那人叫朱貴，是梁山泊的首領之一。

梁山泊聚集了一批不滿朝廷的武林高手，他們劫富濟貧。

朱貴安排林沖乘船到了山上，山上的三位頭領王倫、杜遷和宋萬聽說林沖來了，便在聚義廳裏接待他。王倫擔心林沖來了會搶去自己第一把交椅的位

置，因此非常討厭林沖，但礙於其他頭

領都喜歡林沖，就只好讓林沖留在梁山

泊，但對林沖卻處處刁難。

城裏有一個滿臉烏青的人，他就是

外號叫做「青面獸」的楊志。楊志的

武藝十分高超，官府的人很欣賞他的功

夫，便讓他去給蔡太師護送生辰綱，

即生日禮物。

於是，楊志就和一幫官兵護送着貴

重的禮物出發了。楊志不知道，原來官

府讓他護送禮物是有原因的。因為官府

知道會有人來搶劫，所以一定要請一位

武林高手做護衞。

<ruby>這<rt>zhè</rt></ruby><ruby>批<rt>pī</rt></ruby><ruby>財<rt>cái</rt></ruby><ruby>物<rt>wù</rt></ruby><ruby>是<rt>shì</rt></ruby><ruby>搜<rt>sōu</rt></ruby><ruby>刮<rt>guā</rt></ruby><ruby>老<rt>lǎo</rt></ruby><ruby>百<rt>bǎi</rt></ruby><ruby>姓<rt>xìng</rt></ruby><ruby>的<rt>de</rt></ruby><ruby>血<rt>xuè</rt></ruby><ruby>汗<rt>hàn</rt></ruby><ruby>錢<rt>qián</rt></ruby>，

<ruby>送<rt>sòng</rt></ruby><ruby>給<rt>gěi</rt></ruby><ruby>蔡<rt>cài</rt></ruby><ruby>太<rt>tài</rt></ruby><ruby>師<rt>shī</rt></ruby><ruby>做<rt>zuò</rt></ruby><ruby>生<rt>shēng</rt></ruby><ruby>日<rt>rì</rt></ruby><ruby>禮<rt>lǐ</rt></ruby><ruby>物<rt>wù</rt></ruby><ruby>的<rt>de</rt></ruby>，<ruby>消<rt>xiāo</rt></ruby><ruby>息<rt>xi</rt></ruby><ruby>傳<rt>chuán</rt></ruby><ruby>到<rt>dào</rt></ruby><ruby>江<rt>jiāng</rt></ruby>

<ruby>湖<rt>hú</rt></ruby><ruby>上<rt>shàng</rt></ruby>，<ruby>被<rt>bèi</rt></ruby>「<ruby>赤<rt>chì</rt></ruby><ruby>髮<rt>fà</rt></ruby><ruby>鬼<rt>guǐ</rt></ruby>」<ruby>劉<rt>liú</rt></ruby><ruby>唐<rt>táng</rt></ruby><ruby>和<rt>hé</rt></ruby>「<ruby>托<rt>tuō</rt></ruby><ruby>塔<rt>tǎ</rt></ruby><ruby>天<rt>tiān</rt></ruby>

王」晁蓋知道了，他們相約一起去打劫。同時，他們又叫上了足智多謀的吳用和水性十分屬害的阮家三兄弟。這樣，六個人就在晁蓋家裏商量。剛談了沒多久，有人來報說門口有一個道士求見。

智多星巧取生辰綱

這個道士叫公孫勝，他見了晁蓋，哈哈大笑，說不為化齋而來，而是久聞晁蓋大名，現有十萬貫金銀珠寶，要來送給他作見面禮。

兩人一說，原來大家的打算都是一樣的，準備搶了送蔡太師的禮物，公孫勝還說：「我打聽過了，負責護送禮物的人叫楊志，他們走的是黃泥岡那條路！」吳用足智多謀，人稱「智多星」，他一聽護送禮物的人走的是那條人跡罕至的路，就想出了一條妙計，大家聽了

hòu dōu lián shēng shuō hǎo jiē zhe dà jiā jiù fēn tóu zhǔn bèi
後都連聲說好。接着，大家就分頭準備

qù le
去了。

cǐ shí zhèng shì xià tiān tiān qì fēi cháng mēn rè chì
此時正是夏天，天氣非常悶熱，熾

rè de tài yáng zhào de rén de yǎn jing dōu zhēng bù kāi
熱的太陽照得人的眼睛都睜不開

le zhè tiān yáng zhì tā men yì xíng rén mǎ lái
了。這天楊志他們一行人馬來

dào huáng ní gāng shì bīng men yòu lèi yòu
到黃泥岡。士兵們又累又

kě yí kàn dào dà shù jiù
渴，一看到大樹，就

dōu pǎo dào shù yīn dǐ
都跑到樹蔭底

xia qù xiū xi bù
下去休息，不

想動了。這時，晁蓋他們幾個人分別扮成賣棗子和賣酒的走過來了。士兵們十分口渴，看見酒非常高興，於是就忍不住買酒來喝。誰知吳用早已經悄悄地在酒裏下了迷魂藥。沒過多久士兵們就一個個東倒西歪地倒在地上，晁蓋他們輕而易舉地劫走了禮物。

過了一會兒，楊志醒來，他發現禮物不見了，想到官府一定會追究自己的責任，沒辦法，只好逃跑了。

在一個小樹林裏，楊志結識了魯智深。原來，魯智深很想到二龍山寶珠寺去，但是一個叫鄧龍的人是二龍山的頭

目，聽說他要入夥，堅決不同意，他打不過魯智深，便把寨門關上，魯智深毫無辦法。楊志便和魯智深設計上了二龍山，並成功制伏鄧龍，當上了二龍山寨主。

阮家兄弟大敗官兵

禮物被劫的事傳到了京城，蔡太師聽說了，大發雷霆。他馬上命令何濤在十天內要抓到晁蓋等人。何濤捉到了參與搶劫禮物的白勝，狠狠地打了他一頓。白勝被打得皮開肉綻，鮮血直流，還是堅持說自己不認識晁蓋等人。何濤正在為捉不到人而苦惱，便和在茶館裏喝茶的一個叫宋江的小吏說了這件事，他請宋江幫忙捉拿晁蓋他們。

何濤萬萬沒有想到的是，晁蓋竟然是宋江的好朋友！原來宋江此人平生

最愛結識江湖好漢，而且揮金如土，常常扶幼濟貧，人稱「及時雨」。宋江得知這個消息後，心裏非常着急。他立即騎着一匹快馬來通知晁蓋，說官府連夜要來捉人，叫他們趕快逃走。晁蓋知道後便在自己家的四周放起火來，借着濃煙逃走。官兵領隊的朱仝也是晁蓋的好朋友，儘管在後門看見了他，但還是故意讓開一條路，把他放走了。

何濤抓不到晁蓋，就帶着五百人到

ruǎn jiā lái zhuā ruǎn jiā xiōng dì
阮家來抓阮家兄弟。

ruǎn jiā xiōng dì zǎo jiù shōu dào xiāo xi　　lì jí zuò hǎo bù
阮家兄弟早就收到消息，立即做好布

zhì　　dāng guān bīng de xiǎo chuán zài hú miàn shang kuài sù shǐ lái
置，當官兵的小船在湖面上快速駛來

shí　　ruǎn xiǎo wǔ gù yì yì biān chàng gē　　yì biān màn yōu yōu
時，阮小五故意一邊唱歌，一邊慢悠悠

de huá zhe chuán guò lai　　hé tāo kàn jian zhè ge jǐng xiàng　　shí
地划着船過來。何濤看見這個景象，十

fēn nǎo nù　　tā mìng lìng shì bīng fàng jiàn　　shēn shǒu mǐn jié de
分惱怒，他命令士兵放箭。身手敏捷的

阮小五「嗖」的一聲就鑽進水裏，不見
了蹤影，何濤氣得「哇哇」大叫。想不
到，潛伏在水底下的阮小七突然從蘆葦
叢中探出頭來，把何濤扯下了水，最後
把他拖上岸來綁住了。晁蓋他們大獲全
勝。

宋江怒殺閻婆惜

晁蓋他們去投奔梁山泊，

但是梁山泊的第一首領王倫

卻不想留他們在

梁山住。林沖見狀憤

怒地大叫起來：「當初

我上山的時候你也是

這樣對我，你實

在是太過分了！」然後便動手打王倫。

最後，他們推舉晁蓋當梁山泊水寨的寨

主，吳用做軍師。

晁蓋這次能夠逃脫官兵的追捕，全

靠宋江，因此很感激他，並想報答他。

宋江有一個小老婆，名叫閻婆惜。閻婆惜很喜歡打扮，每天都把自己打扮得花枝招展的，她喜歡會說甜言蜜語的男子，不喜歡老實沉靜的宋江。一天，宋江的同事張文遠來喝酒，閻婆惜喜歡上了他，並經常來往。宋江知道後很生氣，便不再理睬閻婆惜。閻婆惜更加討厭宋江了。

這天，宋江收到晁蓋的來信，得知他當上了梁山泊的寨主，非常高興。宋江喝了點酒後，回到家裏把公文袋和小刀掛在牀頭就睡覺了。第二天，宋江

去衙門上班，走在路上突然發現公文袋
不見了！他吃了一驚，心裏暗想這可糟
了，那公文袋明明昨晚掛在牀上，如果
被閻婆惜發現裏面藏有晁蓋的書信，可

就完蛋了！宋江嚇出了一身冷汗，急忙趕回家。

宋江估計得一點都沒錯！閻婆惜等宋江走了，從牀上爬起來時，一抬頭正好看見了公文袋，她把宋江的公文袋翻了個遍，還看了晁蓋的信。這時，樓下門響了，她猜想一定是宋江回來了，便把公文袋藏在被子裏。宋江問她是否拿了公文袋，她偏說沒有，死也不肯把信還給宋江，後來還說要去告官。宋江非常生氣，衝上去就要搶公文袋，可是閻婆惜就是不給宋江。宋江氣極了，把她揍了一頓，搶過書信，把書信燒掉了。

閻婆惜見狀又哭又鬧，嚷着要去告官。

宋江實在沒法，為防事情敗露，匆忙中

殺了閻婆惜，然後急忙逃走了。

景陽岡武松打老虎

有一個叫武松的人，他是清河縣人，他武藝高強，好打抱不平。一天，他來到陽谷縣景陽岡下一家酒館裏吃飯喝酒。他喝了三碗酒之後，店主便不肯再賣酒給他了。店主解釋説，這種酒濃度高，叫「三碗不過岡」，即是喝了三碗就一定會醉倒，無法走過這個山岡。

武松聽了哈哈大笑起來，他叫店主儘管添酒來，最後喝了整整十五碗，可是卻依然沒有醉！店主勸他景陽岡上的猛虎會吃人，酒喝多了千萬不要獨自過岡，

武松说道：「哪有什麼老虎，這路我也
走過幾趟了，你不要嚇我。」説完獨自
走上了景陽岡。

走了一陣，武松酒力發作了，就在一棵樹下的大青石上倒下想睡覺，忽然，一陣狂風，一隻老虎「呼」的一聲跳到武松面前，武松迅速藏到青石後面。那隻老虎再撲過來，武松就靈敏地跳到牠的身後，使出全身力氣掐住老虎的脖子，老虎被武松緊緊按住，急得用兩爪亂抓，武松仍然緊緊按住牠，並用腳向老虎的眼睛亂踢起來，老虎漸漸沒有力氣了，武松就對着老虎的頭使勁打起來。打到五六十下，老虎已動彈不得，內臟重傷了。害人的老虎終於被殺死了！獵人們高興得給武松戴上大紅

花，抬着他到縣衙去領賞。

武松長得高大英俊，可是他那個賣

燒餅的哥哥武大

郎，不僅身材矮

小，而且相貌醜

陋。但他的妻子

潘金蓮卻長得

非常漂亮。武松領到賞金，就去看他哥

哥。潘金蓮很喜歡武松的英俊瀟灑，武

松看出她的心思，便不理她。潘金蓮生

氣了，就對武大郎說武松的壞話。武松

不想哥哥為難，就去了京城。

武松怒殺西門慶

清河縣有一個惡霸叫西門慶，這人奸滑刁詐，無惡不作。他開了一家藥店，頗有些錢財。

這天，西門慶從武大郎家門口經過，看見潘金蓮正坐在窗邊梳妝打扮，頓時喜歡上了她，而潘金蓮對他也很有好感，於是兩個人就經常背着武大郎在一起。有位名叫鄆哥的少年，他經常給西門慶送水果，這天他來送水果，卻被幫助西門慶和潘金蓮私會的王婆踢翻水果籃子，還打了他一頓，鄆哥一肚子氣地走了。

鄆哥無緣無故挨了打，而且也看不過西門慶他們三人的行為，於是他去找武大郎，把他聽到和看到關於潘金蓮和西門慶的事一五一十對武大郎說了。武大郎聽了，就去找西門慶算賬，可他哪是西門慶的對手，被西門慶一腳踢中心窩，口吐鮮血，不省人事。武大郎連躺了五天，潘金蓮也不照顧他，還是去找西門慶。武大郎氣得直罵，潘金蓮把武大郎罵她的話告訴了西門慶，西門慶聽了害怕武松回來報復，就要害死武

大郎。他弄了些毒藥給潘金蓮，潘金蓮

就在武大郎喝的藥裏面下了毒藥，可憐

的武大郎就這樣不明不白地被毒死了。

不久武松從京城回來，聽說哥哥竟

然死了！而且是被潘金蓮和西門慶害死

的！他又傷心又氣憤，一定要為哥哥報

仇！武松把潘金蓮拉到武大郎的屋子

裏，一刀就殺了她。他聽說西門慶正在

獅子樓喝酒作樂，就找到西門慶，兩人

打了起來，後來他把西門慶扔下獅子

樓，摔死了。武松殺了人，自己走去官

府自首，結果被發配到孟州去。

醉武松拳打蔣門神

這一天，武松和押送他的官差走到十字坡的一家酒店，女店主孫二娘見到武松的包袱又大又重，便打起了壞主意。她在酒中偷偷下了迷魂藥，想把他們弄昏。武松一早就看出了她的心思，他趁孫二娘不注意就悄悄地把酒倒掉，然後假裝昏倒。孫二娘見他昏倒在桌上，就放心大膽地過來拿他的包袱。誰知剛伸手過來，就被武松一把抓住，武松跳了起來，這可把孫二娘嚇壞了，她連忙大叫「饒命」。武松放過孫二娘，

並和她及她丈夫張青結成好朋友。

武松來到了孟州後認識了一個名叫施恩的小酒店老闆。他告訴武松他的酒店「快活林」被一個叫蔣門神的惡霸搶去了。武松最恨這種橫行霸道的人，他不等施恩

說完，早已怒火沖天，他拍着胸脯說：

「你放心，我一定把小酒店給你搶回

來！」武松便去找蔣門神，他剛進小酒

店，蔣門神就向他衝過來，他轉身連踢

兩腳，就把蔣門神踢得趴在地上。武松

還借着酒意把蔣門神扔進酒缸裏，蔣門

神只好把小酒店還給施恩。

　　　蔣門神有一個好朋友，是張都監。

他知道武松為人熱情，又好打不平，便

想出了一條陷害武松的毒計。中秋夜

裏，武松在月光下練習武功，突然聽到

有人大喊「有賊啊，捉賊啊」。武松立

刻衝過去捉賊。誰知這時張都監帶着一

huǒ rén chōng chu lai　　　 èr huà bù shuō bǎ tā àn dǎo zài dì
夥人衝出來，二話不說把他按倒在地，

shuō tā yí dìng jiù shì zéi　　 zhāng dōu jiān bǎ wǔ sōng dǎ le yí
說他一定就是賊。張都監把武松打了一

dùn hòu　　 jiù bǎ tā guān jìn dà láo li　　 fā pèi ēn zhōu
頓後，就把他關進大牢裏，發配恩州。

<ruby>蔣<rt>jiǎng</rt></ruby><ruby>門<rt>mén</rt></ruby><ruby>神<rt>shén</rt></ruby><ruby>血<rt>xuè</rt></ruby><ruby>濺<rt>jiàn</rt></ruby><ruby>鴛<rt>yuān</rt></ruby><ruby>鴦<rt>yāng</rt></ruby><ruby>樓<rt>lóu</rt></ruby>

<ruby>這<rt>zhè</rt></ruby><ruby>天<rt>tiān</rt></ruby>，<ruby>武<rt>wǔ</rt></ruby><ruby>松<rt>sōng</rt></ruby><ruby>和<rt>hé</rt></ruby><ruby>押<rt>yā</rt></ruby><ruby>送<rt>sòng</rt></ruby><ruby>他<rt>tā</rt></ruby><ruby>的<rt>de</rt></ruby><ruby>差<rt>chāi</rt></ruby><ruby>役<rt>yì</rt></ruby><ruby>剛<rt>gāng</rt></ruby><ruby>走<rt>zǒu</rt></ruby><ruby>上<rt>shàng</rt></ruby>
<ruby>一<rt>yí</rt></ruby><ruby>座<rt>zuò</rt></ruby><ruby>橋<rt>qiáo</rt></ruby>，<ruby>兩<rt>liǎng</rt></ruby><ruby>個<rt>gè</rt></ruby><ruby>拿<rt>ná</rt></ruby><ruby>着<rt>zhe</rt></ruby><ruby>大<rt>dà</rt></ruby><ruby>刀<rt>dāo</rt></ruby><ruby>的<rt>de</rt></ruby><ruby>刺<rt>cì</rt></ruby><ruby>客<rt>kè</rt></ruby><ruby>就<rt>jiù</rt></ruby><ruby>從<rt>cóng</rt></ruby><ruby>對<rt>duì</rt></ruby><ruby>面<rt>miàn</rt></ruby>

衝過來要殺武松。武松三下兩下就避開了他們的大刀，然後把他們制伏，逼問他們的來歷。原來他們是蔣門神和張都監派來的。武松一聽氣極了，覺得不殺張都監，如何解恨！

武松怒氣沖沖地找到了正在鴛鴦樓喝酒的蔣門神和張都監，他們看見武松，都大吃一驚。剛想逃走，可是已經來不及了，武松把他們狠狠地踢倒在地上。蔣門神當場就斷了氣，張都監非常害怕，抓起椅子就要砸武松。武松一把接住椅子，幾拳就把他打死了。接着，

武松連夜逃離孟州。

走了大半夜的路，武松十分困倦，就躺在松林裏睡覺。這時候四個男人悄悄地把他綁起來，把他抬回了孫二娘的小酒店裏。孫二娘一看是武松，大吃一驚，連忙幫他鬆開繩子，詢問情由。武松便把遇施恩、打蔣門神等經過都對孫二娘及其丈夫張青說了。

張青說：「這件事很嚴重，官府肯定要捉你，你要早早打算啊！」最後張青勸武松投奔二龍山的魯智深和楊志，張青怕武松被官府發現身分，決定讓武松裝扮成雲遊四方的行者*，武松頭上

dài zhe jiè gū, pī
戴着戒箍，披

sàn zhe tóu fa, shēn bēi dà
散着頭髮，身背大

dāo, jiù dào èr lóng shān zhǎo lǔ
刀，就到二龍山找魯

zhì shēn hé yáng zhì qù
智深和楊志去

le
了。

xíng zhě bú yòng tì qù tóu
＊行者：不用剃去頭
fa de fó jiào xiū xíng rén
髮的佛教修行人。

清風寨宋江會花榮

走到半路上，武松碰見了

宋江，他們一起在孔太公莊上

住了十多天便分手了。武松仍去

二龍山，宋江則去清風寨找結拜

兄弟花榮。這天，剛進清風山，突然從

草叢裏衝出幾個彪形大漢，不容分説就

把宋江綁起來，押進山寨去了。三位寨

主叫嚷着要殺掉宋江，宋江歎了一口氣

説：「可惜宋江死在這裏。」他們一

聽，知道面前的人竟然是江湖上很有名

氣的宋江，立即請他在山寨住下了。

60

一天，宋江看見其中一位寨主在調戲一個年輕的女子，他覺得很不應該，於是便勸他不要這樣做。原來，這個女子是劉知寨的夫人。宋江知道劉知寨是花榮的同僚，便請求寨主放走她。幾天後，宋江和副知寨花榮會面，他把此事告訴花榮，花榮非常擔憂，他知道有麻煩了。

果然，花榮的擔憂是有理由的。元宵節的晚上，宋江正興致勃勃地在街上觀看花燈，怎知道劉知寨的夫人也在街上，她一眼就認出了宋江。這個女人不

但不感恩宋江當日救她，反而誣指宋江
和賊人是同一夥，劉知寨就叫人來捉拿
他。花榮聽說宋江被抓了，非常心急，
不顧一切地帶着自己的大隊人馬和劉知
寨打了起來，最後把宋江救走了。

清風山花榮抗官兵

宋江被救走後，劉知寨非常生氣，他設計偷偷把宋江捉回，並且把花榮騙來喝酒。花榮不知是計，剛喝了幾杯酒，就被劉知寨的手下捉住了。劉知寨把宋江和花榮關進了囚車押往別處。清風寨的三位寨主劫了囚車，救出了他們，並把劉知寨殺了，然後帶着花榮和宋江一起回清風山去。

官府知道後便派兵去攻打清風山。官兵本想抄小路攻上山，可是沒想到卻連人帶馬掉進了陷阱，被三位寨主活捉

綁進了山。進了
山寨，花榮連忙
給官兵的頭目秦
明鬆開繩子，請
他喝酒，還親自
把他送下山。不
料官府認為秦明背叛朝廷，把他家裏人
都殺了，秦明便和花榮、宋江等人留在
山寨裏。

過了一段日子，宋江建議大家一起
去梁山泊。大家都說好。但這時宋江卻
收到一封家書，說他的父親去世了。宋
江一聽立刻大哭起來，他不顧危險和

péng you de quàn
朋友的勸

zǔ   tōu tōu de pǎo huí
阻，偷偷地跑回

jiā   méi xiǎng dào fù qīn hǎo
家，沒想到父親好

hǎo   de méi yǒu sǐ   tā zhǐ
好的沒有死，他只

shì yīn wèi tài xiǎng jiàn ér zi le   jiù
是因為太想見兒子了，就

bǎ sòng jiāng piàn hui lai   fù zǐ liǎ zhèng shuō
把宋江騙回來。父子倆正說

zhe huà   wài miàn tū rán dēng huǒ tōng míng   yuán lái guān bīng
着話，外面突然燈火通明，原來官兵

men tīng dào fēng shēng lái zhuō ná sòng jiāng
們聽到風聲來捉拿宋江。

赴江州宋江屢遇險

宋江被抓後，官府發配他去江州。

這天，宋江他們來到一個小鎮，宋江看

見一位賣藝人正在舞棒賣藝，宋江很欣

賞他的棒法，便送了五兩銀子給他。這

時人羣裏跳出一個大漢，不許宋江把銀

子給賣藝人，說完就要動手打宋江。賣

藝人馬上把大漢打倒在地，救了宋江。

沒想到那個大漢不甘心被打，一定

要殺宋江報仇。他回家找了些人來追殺

宋江，一直追到江邊，這時蘆葦蕩中出

現了一條小船，宋江連忙呼救，艄公把

船泊岸，宋江立即跳上船，離開了岸邊。大漢他們氣喘吁吁地追到岸邊，眼

看着小船離開，但毫無辦法。艄公唱着漁歌，搖着櫓向江心划去了。

宋江見追兵無法追上來，便舒了一口氣，正想謝謝艄公，誰知艄公卻在江心把船停下來，還從腰間拿出一把大刀來，架在宋江的脖子上，叫他把錢財交出來，然後再脫光衣服跳下江去。

原來是劫財的！宋江正在慌亂之際，見到三位好漢搖了一艘小船過來，攔住了艄公，告訴他這是人稱

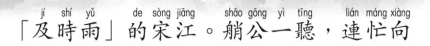

「及時雨」的宋江。艄公一聽，連忙向

宋江陪禮道歉。

潯陽樓宋江寫反詩

心在山東身在吳

飄蓬江

宋江到江州後，認識了在牢裏做事的李逵。李逵性格很直率，他非常崇拜宋江。

這天，宋江想吃魚，但飯店裏的魚已經賣光了。李逵立即跳到江邊的漁船上，嚷着要為宋江找魚。可是他笨

手笨腳的，魚沒捉到，反而把網裏的魚都放跑了。賣魚的人見了都非常憤怒，痛打了李逵一頓，宋江和朋友戴宗連忙去救李逵，並且和賣魚的人結成朋友。

有一天，宋江自己一個人在潯陽樓喝悶酒。他借着酒興，突發靈感，拿起毛筆就在牆上題詩：「心在山東身在吳，飄蓬江海漫嗟吁。他時若遂凌雲志，敢笑黃巢不丈夫！」寫完後宋江看了看，心裏很得意，覺得自己的詩寫得很好！誰料第二天，這首詩就被一個別有用心的人看見了，他想通過誣陷宋江造反來巴結官府，謀個小官職，便趕忙

去報告蔡知府，説這是反詩，並説宋江
想造反。蔡知府聽他解釋詩的含義後，
認為有道理，便立即派人去捉宋江來問
罪。

戴宗私下趕忙來見宋江，告知他此事，叫他想辦法怎樣避過此禍。宋江想來想去，想到了一個不是辦法的辦法。

當官兵們趕到的時候，他裝瘋賣傻，坐在屎尿堆裏，一會兒哭一會兒笑，還說着一些瘋話。蔡知府知道他是裝出來的，叫人用大筐把他抬進江州府，然後命人狠狠地打了他一頓。宋江被打得皮開肉綻，鮮血淋漓，最後捱不住了，只好承認反詩是自己寫的。

梁山泊好漢劫法場

宋江招認了，蔡知府就想先不殺宋江，等把他送到京城後再取他的人頭領賞。消息傳到梁山泊，晁蓋立即和眾頭領部署救宋江的事。到了行刑的這天，官兵們押着宋江來到法場。梁山泊的好漢早已假扮成老百姓，混在人羣裏找機會行事。他們吵吵鬧鬧，你推我擁，吵鬧着踴向法場。

　　行刑時間到了，蔡知府惡狠狠地喊道「斬！」只聽人羣裏頓時就發出「哄」的一聲，場面大亂。霎時間，晁

蓋、花榮和李逵跳了出來，手拿大刀、斧頭和長槍，風一般衝進了法場。眾士兵立即保護着蔡知府逃走。

可是他哪裏能逃得脫？梁山好漢們抓住了他。蔡知府苦苦哀求宋江饒命。宋

江不忍心殺他，想放他一條活路，可是李逵十分痛恨這樣的狗官，就不顧勸告把蔡知府扔進河裏，把他淹死了。

宋江和梁山泊的朋友生活了一段日子，因想念父親和弟弟，便又同大家道別回家。可是，才剛進宋家村，官兵們就又趕到了。宋江只好跑進村裏的玄女廟躲藏。他爬上供桌，躲在神像後面嚇得不敢出聲。官兵們跟着他進了廟裏，當官兵正要搜宋江的藏身之地時，突然一陣怪風把他們的火把吹滅了，「哇，是神仙嗎？」官兵們以為神仙顯靈，嚇得一哄而散。這時玄女娘娘走了出來，送給宋江三部天書，並對他交代一番。

真李逵怒殺假李逵

李逵是個孝子，這天，他突然想起很久沒有見到自己的母親了，便想回家接母親上梁山。宋江怕他出事，不准他在路上喝酒，走時不准帶板斧，如果李逵肯答應，才讓他回家。李逵答應了，才得以下山，他走着走着，來到了一片樹林，忽然從樹後跳出一個人來，手裏拿着兩把板斧，攔住他的去路，大聲說：「我是大名鼎鼎的黑旋風李逵！把你的錢財留下來！」李逵一聽，哈哈大笑，心想：「這傢伙，竟敢假冒到

我頭上來！我要讓你見識一下真李逵的本事！」

李逵舉刀就向那人砍去，那人腿上一下子就中了一刀，爬都爬不起來。李逵上前一步，踏住他的胸膛說：「告訴你，我才是真的李逵，你竟敢假冒我的名字在此地搶劫，壞我名聲！」那人一聽，嚇得連忙下跪求饒：「小人名叫李鬼，只因家中有一個九十歲的老母親需要贍養，我才冒用您的大名嚇人，取得些錢贍養她，其實我從不敢殺人。請您高抬貴手，放了小人吧！」李逵是個孝子，聽他這麼一說，不但放了他，還送

他十兩銀子。

接着，李逵繼續趕路，不一會兒，他覺得又渴又餓，剛好看見一間草屋，便打算進去找些吃的。誰知道這間屋子正是剛才他放走的那個人——李鬼的家，原來他家中根本沒有什麼年老的母親，只有一個和他同樣壞心眼的妻子。

李鬼把剛才遇上李逵的事告訴妻子，二人密謀如何在飯菜裏下藥暗算李逵，然後偷取他的錢財。李逵在門外聽到了，火冒三丈，衝進去一下子就把李鬼殺了。

李逵風沂嶺殺四虎

李逵高高興興地回到家裏，卻發現
母親的眼睛瞎了。母親知道他回來，高

興得合不攏嘴。李逵背着母親步行上梁山泊。走到一個叫風沂嶺的地方,母親說口渴,李逵就把母親放在路邊,然後去找水給她喝。

可是等李逵取水回來,卻找不到母親了!李逵非常心急,他找來找去,看見草坪上有一團血跡,沿着血跡往前走,只見兩隻小老虎正在吃東西,哎呀,那是一條人腿,再看山洞裏面還有兩隻大老虎。原來,母親是被四隻老虎吃掉了!這還了得!李逵又傷心又生氣,揮起刀一口氣殺掉

86

了四隻老虎，為母親報了仇。他收拾了

母親剩下的屍骨，在山上挖了個墓，將

母親埋了進去，悲傷地返回梁山泊。

時遷偷雞惹出禍

有個叫石秀的人，有一身好武藝，

最喜歡路見不平，即使要捨棄性命也要

救人到底，因此人們稱他「拼命三郎」。

有一天他在路上結識了一位朋友，名叫

楊雄，兩人結拜為兄弟。楊雄因事外

出，便把石秀請到家裏，讓石秀幫忙看

家。後來因為楊雄家出了點事，楊雄不

想在家呆下去了，他們兩個人就一起去

投奔梁山泊。在路上他們還結識了外號

叫「鼓上蚤」的時遷。

時遷輕功極好，能飛上屋頂，又能

在牆壁上走來走去，可是卻有個毛病，就是喜歡偷別人的東西。這天，他們三個人到了山腳下一家酒店，離梁山泊已經不遠了。到了晚上，時遷覺得很無聊，就控制不了自己的雙手。他從店小二那裏偷了一隻活雞，然後在離酒店不遠的地方用火燒烤，真香啊，三個人吃

得津津有味。

　　店小二聞到香味，知道自己的雞被偷了，十分生氣，和石秀三人大吵起來，吵架不解氣，他又叫了很多人來打他們。楊雄一看，哎呀！哪裏打得過這麼多人，連忙拉着石秀和時遷拔腿就跑。可是時遷雖然能在屋頂上飛，在平地上卻跑不快，一會兒就被那些人抓住了。石秀和楊雄傻眼了，半天也想不出辦法來，只好去請梁山泊的朋友來幫忙。

宋江攻打祝家莊

一到梁山泊，楊雄和石秀就訴說了時遷被抓的經過，請大家幫忙救他。梁山泊的好漢們立刻就答應了。宋江和花榮、林沖和秦明兵分四路，各帶着一隊人馬，悄悄地將關押時遷的祝家莊包圍了。石秀打扮成一個打柴人，外號「錦豹子」的楊林扮成一個道士，二人一前一後地進祝家莊去打探消息。

到了晚上，楊林和石秀都還沒有回來，宋江很心急，想要速戰速決，便對祝家莊發起進攻。他帶着大隊兵馬殺進

了祝家莊，不料中了埋伏，傷亡慘重。

關鍵時刻石秀及時趕到，和花榮一起，

才把祝家莊的人馬嚇跑了，救了宋江他

們。宋江打了敗仗，非常沮喪，他暗下

決心下一次一定要攻下祝家莊。

沒多久，宋江決定再次攻打祝家

莊。他兵分兩路，叫秦明、戴宗去攻打

東門，自己則帶着王英去攻打西門。宋

江帶着人馬來到西門，和官兵在祝家莊

展開了激戰。不久，楊雄和石秀領着兵

馬來接應宋江，林沖和吳用也帶着人馬

來了。可是對方火力太猛，打了好久，

也分不出勝負。宋江這次還是沒有攻下

zhù jiā zhuāng　　xīn qíng zāo gāo tòu le
祝家莊，心情糟糕透了。

<ruby>吳<rt>wú</rt></ruby><ruby>用<rt>yòng</rt></ruby><ruby>智<rt>zhì</rt></ruby><ruby>取<rt>qǔ</rt></ruby><ruby>祝<rt>zhù</rt></ruby><ruby>家<rt>jiā</rt></ruby><ruby>莊<rt>zhuāng</rt></ruby>

<ruby>登<rt>dēng</rt></ruby><ruby>州<rt>zhōu</rt></ruby><ruby>山<rt>shān</rt></ruby><ruby>下<rt>xià</rt></ruby><ruby>有<rt>yǒu</rt></ruby><ruby>一<rt>yì</rt></ruby><ruby>家<rt>jiā</rt></ruby><ruby>獵<rt>liè</rt></ruby><ruby>戶<rt>hù</rt></ruby>，<ruby>哥<rt>gē</rt></ruby><ruby>哥<rt>ge</rt></ruby><ruby>解<rt>xiè</rt></ruby><ruby>珍<rt>zhēn</rt></ruby><ruby>和<rt>hé</rt></ruby>

<ruby>弟<rt>dì</rt></ruby><ruby>弟<rt>di</rt></ruby><ruby>解<rt>xiè</rt></ruby><ruby>寶<rt>bǎo</rt></ruby><ruby>二<rt>èr</rt></ruby><ruby>人<rt>rén</rt></ruby><ruby>都<rt>dōu</rt></ruby><ruby>有<rt>yǒu</rt></ruby><ruby>一<rt>yì</rt></ruby><ruby>身<rt>shēn</rt></ruby><ruby>驚<rt>jīng</rt></ruby><ruby>人<rt>rén</rt></ruby><ruby>的<rt>de</rt></ruby><ruby>武<rt>wǔ</rt></ruby><ruby>藝<rt>yì</rt></ruby>。

<ruby>這<rt>zhè</rt></ruby><ruby>天<rt>tiān</rt></ruby>，<ruby>他<rt>tā</rt></ruby><ruby>們<rt>men</rt></ruby><ruby>射<rt>shè</rt></ruby><ruby>中<rt>zhòng</rt></ruby><ruby>了<rt>le</rt></ruby><ruby>一<rt>yì</rt></ruby><ruby>隻<rt>zhī</rt></ruby><ruby>大<rt>dà</rt></ruby><ruby>老<rt>lǎo</rt></ruby><ruby>虎<rt>hǔ</rt></ruby>，

<ruby>老<rt>lǎo</rt></ruby><ruby>虎<rt>hǔ</rt></ruby><ruby>跌<rt>diē</rt></ruby><ruby>進<rt>jìn</rt></ruby><ruby>毛<rt>máo</rt></ruby><ruby>太<rt>tài</rt></ruby><ruby>公<rt>gōng</rt></ruby><ruby>的<rt>de</rt></ruby><ruby>後<rt>hòu</rt></ruby><ruby>園<rt>yuán</rt></ruby><ruby>裏<rt>li</rt></ruby>。<ruby>毛<rt>máo</rt></ruby><ruby>太<rt>tài</rt></ruby>

<ruby>公<rt>gōng</rt></ruby><ruby>不<rt>bú</rt></ruby><ruby>但<rt>dàn</rt></ruby><ruby>不<rt>bù</rt></ruby><ruby>肯<rt>kěn</rt></ruby><ruby>交<rt>jiāo</rt></ruby><ruby>還<rt>huán</rt></ruby><ruby>大<rt>dà</rt></ruby><ruby>老<rt>lǎo</rt></ruby><ruby>虎<rt>hǔ</rt></ruby>，<ruby>反<rt>fǎn</rt></ruby><ruby>而<rt>ér</rt></ruby><ruby>誣<rt>wū</rt></ruby><ruby>衊<rt>miè</rt></ruby>

<ruby>他<rt>tā</rt></ruby><ruby>們<rt>men</rt></ruby><ruby>白<rt>bái</rt></ruby><ruby>天<rt>tiān</rt></ruby><ruby>來<rt>lái</rt></ruby><ruby>搶<rt>qiǎng</rt></ruby><ruby>劫<rt>jié</rt></ruby>，<ruby>叫<rt>jiào</rt></ruby><ruby>人<rt>rén</rt></ruby><ruby>把<rt>bǎ</rt></ruby><ruby>解<rt>xiè</rt></ruby><ruby>珍<rt>zhēn</rt></ruby><ruby>和<rt>hé</rt></ruby><ruby>解<rt>xiè</rt></ruby><ruby>寶<rt>bǎo</rt></ruby><ruby>關<rt>guān</rt></ruby>

起來。他們的表姐顧大嫂知道了，就帶

着丈夫孫新、丈夫的弟弟孫立等人衝進

毛太公家，救了解珍、解寶，並把毛太

公殺了，然後一起上了梁山泊。

這時，梁山好漢們還在為無法攻下

祝家莊而煩惱，他們到來後吳用立刻

想到了一條妙計。他先讓原是官兵頭領

的孫立假裝自願幫助祝家莊的官兵抓

梁山泊的「盜賊」，然後帶兵又和石秀

「打」了五十多個回合，把石秀當場活

捉了。當莊主要答謝孫立請他喝酒的時

候，顧大嫂就趁機把石秀他們放走了。

石秀他們回到梁山泊，準備發起進攻。

經過連番部署，宋江決定再次攻

打祝家莊。他們先派顧大

嫂放火燒掉祝家莊的所有糧草。頓時祝

家莊裏火光沖天，濃煙滾滾，莊裏一片

混亂。趁着混亂，宋江便在孫立的配合

下，殺進祝家莊。一時間，官兵又要救

火，又要抵抗，分身乏術。這次，梁山

好漢們終於取得了勝利！

朱仝無奈上梁山

有一個叫朱仝的人，因為故意放走了被官府追捕的朋友，被發配到滄州牢城。滄州知府有個四歲的兒子，長得非常活潑可愛。他一見朱仝，就非常喜歡他，叫朱仝抱他。

原來，朱仝留着長長的鬍子，這孩子很喜歡朱仝的鬍子，知府見了，便叫朱仝陪兒子玩，並說：「如果孩子想和你玩時，你可以自行

抱他去玩。」

七月十五這天，集市上有花燈會，於是朱仝抱着知府的兒子去看花燈。大街兩旁掛滿各種各樣的花燈，有猴子燈、老鼠燈、兔子燈、南瓜燈……小男孩從來沒有見過這麼多有趣的燈，又有朱仝陪着，玩得很開心。可是後來朱仝遇見了李逵，李逵痛恨官府的人，便把小男孩毒死了。朱仝沒法向知府交代，只好離開滄州，上了梁山。

朱仝雖然上了梁山，可是仍然很生氣，見到李逵就板着臉，也不跟他說話。李逵不敢見朱仝，只好住在柴進

家。住了一個多月，沒事幹，閒得發慌，正好來了一個殷天錫要霸佔柴進的花園，他便把殷天錫狠揍了一頓。花園是搶回來了，可是殷天錫卻被他打死了。李逵闖禍後便回了梁山泊，但柴進卻被殷天錫的姐夫高唐州的知府高廉抓住了。

莽李逵斧劈羅真人

柴進被抓，梁山泊的好漢們很心急，他們決定救柴進。可是高廉懂法術，兩軍對打時，他抽出一把太阿寶劍，嘰嘰咕咕地唸了幾句咒語，剎那間天上立刻就飛沙走石，颳起了怪風，還出現了三百個神兵！宋江突然想起玄女娘娘給他的天書，裏面也有法術可以用。他連忙拿起寶劍，唸起了天書裏的咒語，怪風馬上就被頂了回去，神兵也不見了！

高廉又再使出法術，他用寶劍拚命

地敲銅牌，一下子出現了好多兇猛的怪獸毒蟲。宋江想再使用天書，可是這時候卻不起作用了，梁山泊的人馬很快就敗下陣來。大家商議該怎麼辦，吳用說只有請公孫勝來幫忙才行。

公孫勝是道士，也會法術，可是他

住在紫虛觀上，羅真人不讓他下
山。這邊情況危急，梁山泊的
兄弟們就快堅持不住了，
前去請公孫勝的李逵急

de xiàng rè guō shàng de mǎ yǐ　　　tā hèn tòu le luó zhēn rén
得像熱鍋上的螞蟻。他恨透了羅真人！

yì tiān yè li　　　tā qiāo qiāo ná le gè dà bǎn fǔ　　bǎ luó
一天夜裏，他悄悄拿了個大板斧，把羅

zhēn rén kǎn sǐ le
真人砍死了。

dì èr tiān yì zǎo　　　gōng sūn shèng jiù lái zhǎo lǐ kuí
第二天一早，公孫勝就來找李逵，

yào tā péi zì jǐ qù zǐ xū guàn bài jiàn luó zhēn rén　　qiú luó
要他陪自己去紫虛觀拜見羅真人，求羅

zhēn rén fàng tā xià shān　　lǐ kuí tīng
真人放他下山。李逵聽

le àn zì tōu xiào　　nǎ li hái
了暗自偷笑，哪裏還

yǒu shén me luó zhēn rén a　　kě
有什麼羅真人啊！可

shì jìn le zǐ xū guàn　　luó
是進了紫虛觀，羅

真人竟然還活生生的坐在那裏！李逵吃了一驚，羅真人伸出一根手指，只見一陣狂風吹起，李逵被吹到了知府衙門口，被人當作妖怪痛打了一頓。羅真人的厲害，李逵現在才感受到了，他誠心向羅真人道歉。

公孫勝鬥法破高廉

羅真人傳授了公孫勝破敵的辦法，讓公孫勝下山。宋江再次來到城下，高廉取出銅牌，用寶劍敲了三下，頓時天空捲起漫天的黃沙，讓人睜不開眼睛，一羣怪獸毒蟲直撲過來！這時，公孫勝也拿出寶劍，口中唸唸有詞。只見寶劍射出一道金光，那些怪獸毒蟲馬上被嚇跑了！宋江見妖法已破，趁機帶着兵馬殺過去，打敗高廉。

高廉很不服氣，決定當晚帶着三百神兵，偷偷地潛入梁山泊好漢們落腳的

地方偷襲。只見他作起妖法，立即狂風大作。但宋江他們早有準備，公孫勝立刻運用法術，只聽見天上一聲雷鳴，火光沖天，一個巨大的火球出現在空中。四面伏兵齊出，高廉的三百個神兵一個都沒跑掉，全被打敗了。

高廉幾次戰敗，知道宋江他們有高人相助，便倉皇地逃回城裏。宋江命令大家將城團團圍住。高廉一時分不清情況，以為是救兵到了，於是開了城門。梁山泊的兵馬如潮水般湧進城裏，高廉害怕了，急忙唸咒語，駕起一朵黑雲，想逃到山頂去。誰知公孫勝已料到他有

此一招，早就站在山坡上等他，他唸起咒語，然後用劍指向高廉。只聽高廉慘叫一聲，從空中跌下來摔死了。

鈎鐮槍巧破連環馬

消息報到高俅那裏，高俅痛恨梁山泊的好漢們殺了他的兄弟高廉，於是向皇上啟奏，帶着軍隊和火炮氣勢洶洶地來攻打梁山泊。梁山泊的好漢游過湖對岸，把他們的火炮推翻了！於是官兵的首領呼延灼用連環馬來攻打梁山泊。這個連環馬十分厲害，梁山泊的好漢們從來都沒有見過，也沒有辦法對付它，所以很快就被打敗了。

回到寨裏，大家齊集在一起，討論如何對付這個連環馬。當得知湯隆和徐

:

寧會打造對付連環馬的鈎鐮槍後，宋江用計把他們請上了山。徐寧挑選五百名彪形大漢，從早到晚刻苦練習鈎鐮槍法，半個月就練成了。第二天，宋江派鈎鐮槍手埋伏在蘆葦叢中，然後派步兵挑戰，呼延灼派出連環馬軍，想一舉殺盡梁山的人馬。

宋江的兵馬且戰且退，那連環馬軍是三十四為一排，每排用鐵鏈連在一起，可以一直向蘆葦叢中衝去。這時，早就躲在蘆葦叢中的鈎鐮槍手跳了出來，他們迅速地鈎住了馬腿，一排排的

連環馬倒了下去。緊接着，撓鈎手們又
跟着跳了出來，鈎住馬上的士兵，把他
們一個個綁起來。呼延灼見中了計，只
好跳上馬逃跑了。

宋江智取華州城

呼延灼跑了一天，晚上住進一家酒店，吩咐店家好好照料自己的烏騅馬，誰知半夜，他的烏騅馬竟被二龍山的人偷走了。呼延灼向青州知府借了兵馬來二龍山要馬，可是二龍山首領魯智深不肯還給他，兩人還打起來。白虎山的首領孔明和孔亮趁呼延灼不在，

就跑到青州去搶劫，孔明被官府的人捉住了。

經過幾番對打，吳用終於想出一條妙計，把呼延灼活捉上山。

宋江一見，立即上前為呼延灼鬆綁，還親自扶他坐下來。原來，宋江見呼延灼是個人才，便極力說服他留在梁山泊。呼延灼沉思片刻就答應了。晚上，呼延灼帶着梁山泊的好漢們衝進青州，救出孔明，回到了梁山泊。

另一邊，魯智深和史進被華州的官

府抓住了，宋江帶着七千人馬趕去救他們。他們攔住了官府的船，說要見太尉。為首的宿太尉很害怕，只得硬着頭皮接見他們。宋江要宿太尉借衣服給他假扮太尉，其他人則裝成隨從，大搖大擺地進了華州城。他們沒費多少力氣便救出魯智深和史進，然後回梁山去了。

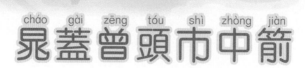

晁蓋曾頭市中箭

這一天，大家正在喝酒，忽然莊丁來報說徐州沛縣外號叫「混世魔王」的樊瑞來進攻梁山泊。史進自願去迎敵，但是險些被樊瑞的飛刀傷了。公孫勝站在高坡上，看見樊瑞的山寨裏掛着青色的燈，便知道有人會用法術。原來樊瑞真的是一個會用法術的人。這一天狂風四起，吹得天昏地暗的，公孫勝站在高坡上舉起寶劍，唸動咒語，只見那陣風突然

120

掉轉方向，吹到樊瑞的軍隊裏去了，梁山

泊人馬大獲全勝。

　　宋江等人在回梁山泊的路上遇上前來

入夥的一位好漢，他告訴宋江，他帶了

水滸傳

一匹寶馬來，準備送給宋江，卻被凌州

曾頭市曾家的五兄弟搶走了。這五兄弟

十分狂妄，不但稱王稱霸，還對人說要

「掃蕩梁山清水泊，剿除晁蓋上東京」，

晁蓋十分憤怒，就親自帶着五千兵馬，

發誓要攻下曾頭市。晁蓋來到曾頭市列

陣，可是沒想到在戰鬥中晁蓋被對方的

一支毒箭射中，很快就毒發身亡了。

晁蓋死了，梁山泊便沒有了寨主。

選誰好呢？宋江在梁山泊中深得眾人敬

重，而且也有領導才華，吳用和林沖便

想請宋江當梁山泊的寨主。可是宋江卻

一再推辭，後來在大家的勸說下，才答

ying le　　sòng jiāng zuò shàng dì　yī bǎ jiāo yǐ hòu　　bǎ　　jù

應了。宋江坐上第一把交椅後，把「聚

yì tīng　　gǎi míng wéi　　zhōng yì táng　　　xī wàng dà jiā yí

義廳」改名為「忠義堂」，希望大家一

dìng yào hù xiāng bāng zhù　　tuán jié yǒu ài

定要互相幫助，團結友愛。

智多星計請玉麒麟

這天，宋江突然想起大名府的「玉麒麟」盧俊義，盧俊義棍棒天下無雙，如果梁山泊有此人，就不怕官軍了。吳用說，他願意去說動盧俊義上山。吳用裝扮成算命先生，李逵扮成啞巴，兩人在大街上叫唱算命，而且算一命要收一兩白銀。盧俊義知道了，覺得這人一定有學問，就叫人把算命先生請進家裏。

吳用假裝算了一會，告訴他說一百天之內他會有殺身之禍，非得要出去躲一躲不可。第二天，盧俊義就讓心腹親隨燕

青看家，自己要到泰山避禍。

去泰山，必定要經過梁山泊，吳用和宋江在路上攔住他，請他上梁山，但他不願意。他想坐小船離開，但船上的阮家兄弟又勸他上梁山。盧俊義沒有辦法，只好跳進水裏，可是他不會游泳，

於是又被梁山泊的好漢撈起放進轎子抬上梁山。可是盧俊義無論別人怎麼勸說，都不肯留在梁山泊，他又找機會逃了回家。當他回到家中，官兵說他造反，把他抓起來關進監牢裏。

燕青聽到這個消息，立即前去營救，可是他們已經沒有去路，只好投奔宋江了。一天，他們投宿在一間客棧裏，燕青出去打獵當食物，回來時見到官府抓住了盧俊義，把他關進囚車裏拉走了。燕青去梁山泊求救，路上遇到石秀和楊雄，石秀讓他們去梁山泊，自己則去打探盧俊義的消息。

眾好漢三打大名府

石秀到了京城，正逢劊子手要斬盧俊義，他大喝一聲，殺出一條路，拖着盧俊義往外跑，但官兵太多，石秀一個人寡不敵眾，兩人又都被官兵捉住了。

要救盧俊義和石秀，就必須攻打大名府。宋江派了李逵、秦明和林沖當開路先鋒。宋江和官軍對陣，梁山泊好漢初戰告捷，消息傳到京城，蔡太師派出了巡檢大刀關勝來迎戰。關勝是關羽的後人，深懂兵法。宋江、吳用用計捉住了關勝。在大家的勸說下，關勝也加入了

liáng shān pō
梁山泊。

zhèng dāng sòng jiāng dài zhe bīng mǎ dì èr cì gōng dǎ dà
正當宋江帶着兵馬第二次攻打大

míng fǔ de shí hou　　tā de bèi shàng què tū rán zhǎng chū
名府的時候，他的背上卻突然長出

le yì kē hěn dà de dú chuāng　　yòu tòng yòu yǎng
了一顆很大的毒瘡，又痛又癢。

sòng jiāng chī yě chī bù hǎo　　shuì yě shuì bù
宋江吃也吃不好，睡也睡不

好，什麼
事也做不
了，才幾天時
間，宋江就瘦了很
多。吳用便讓張順
去請一位名叫安道全
的醫生來給宋江看病。十天之後，宋江
的病就基本康復了。

宋江立即和吳用商量，又要去攻打
大名府，救盧俊義他們。這時已經將近
元宵節了。老百姓都忙着過節，城裏很
熱鬧。吳用他們有些打扮成小販，有些
打扮成獵人，神不知鬼不覺地混進城，

他們約定半夜放火為號。到了元宵節這
天晚上，城裏到處張燈結彩，街上擠滿
了看花燈的人羣。夜裏時遷燃起一把
火，吳用等人率大軍攻城，裏應外合，
衝進大牢，救出盧俊義和石秀。

再打曾頭市宋江報仇

蔡太師聽說大名府失陷，大吃一驚，於是又派人去攻打梁山泊。消息傳到梁山泊，關勝表示自己願意迎敵，關勝領兵下山，李逵也要去，宋江怕他莽撞，不讓他去。

李逵一急，便瞞着大家，夜裏偷偷溜下山去了。他趕了一天的路，肚子餓得咕咕叫，便跑進路邊的一家飯店裏大吃了一頓，沒錢結賬，只好替人家洗碗作賠，然後又開始趕路了。

^{zǒu le bú dào bàn tiān} ^{jiàn dào dà lù shang lái le yí}
走了不到半天，見到大路上來了一

^{gè rén} ^{nà rén shàng shàng xià xià de dǎ liang zhe lǐ kuí} ^{lǐ}
個人，那人上上下下地打量着李逵，李

^{kuí bù gāo xìng le} ^{biàn hé nà rén dǎ qi lai} ^{nà rén shǒu}
逵不高興了，便和那人打起來。那人手

^{qǐ yì quán} ^{zài tī yì jiǎo} ^{biàn bǎ lǐ kuí dǎ bài le}
起一拳，再踢一腳，便把李逵打敗了。

^{lǐ kuí pá qi lai xiǎng zǒu} ^{nà rén biàn wèn tā xìng míng} ^{lǐ}
李逵爬起來想走，那人便問他姓名。李

達大聲說：「我便是梁山泊的黑旋風李達。」那人一聽，便向李達行禮，原來他正要去梁山泊入夥。他們二人正說着，時遷趕來了，勸李達回梁山泊，說：「宋大哥正等你。」但李達不肯，

一定要立些功勞才回去。時遷只好回山寨告訴宋江去了。

曾家五兄弟又搶走了梁山泊買回來的二百多匹好馬。宋江十分生氣，決定起兵為晁蓋報仇，奪回馬匹。他親自帶着兵馬來攻打曾頭市。曾家兄弟派人在村口挖了幾十個陷阱，還在半夜帶領人馬偷襲宋江他們。不過宋江和吳用早就識破他們的計謀，梁山泊人馬殺進曾頭市，很快就把他們打敗了。盧俊義還親手殺了那五兄弟的老師史文恭。宋江終於為晁蓋報了仇，痛快極了。

眾英雄梁山排座次

宋江攻下了曾頭市，凱旋回到梁山泊。因為晁蓋臨死前曾說誰捉到史文恭誰就做梁山泊首領。如今他履行晁蓋遺言，請盧俊義當寨主。但眾人不同意，宋江就決定自己和盧俊義分頭去攻打東平府和東昌府，誰先攻下，誰就做梁山泊的首領。

於是宋江和林沖、花榮帶着一萬兵馬去攻
打東平府。盧俊義和吳用、公孫勝去攻打
東昌府。結果宋江帶人順利攻陷了東平
府，並收降了其首領。

可是盧俊義這邊卻接連打了兩場敗
仗。宋江接報便帶兵馬到東昌府去幫盧
俊義。東昌府這邊主要是一個叫張清的
非常厲害。吳用想出一個辦法，趁張清

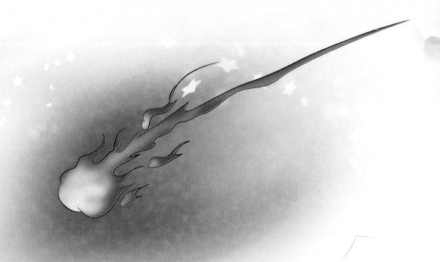

帶兵搶運糧船的時候，在水裏把運糧船
掀翻。跌進水中的張清無法掙扎，被阮
家兄弟捉住了。張清見梁山泊人人都是
好漢，就投降了梁山泊。

梁山泊好漢們拿下東平府和東昌府
後，就興高采烈地回山寨。

宋江計算了

大小頭領，

一共有一百

零八名，心裏十分歡喜。一天晚上，忽然天門大開，光芒四射，一個火球從天上飛進地下。宋江連忙叫人掘開泥土，挖了差不多有三尺深，見到一塊石碣，上面一邊寫着「替天行道」、一邊寫着「忠義雙全」，上面還寫着一百零八位梁山好漢的名字。原來他們就是昔日洪太尉不小心放走的那一百零八個妖魔啊！

元宵節宋江會師師

元宵節到了，宋江帶幾個人去京城看花燈，李逵也要去，宋江就叫燕青看着他，並約定不准上街闖禍。柴進和燕青想到皇宮看看，他們將官員灌醉了，穿上他們的衣服，混了進去。一天晚上，宋江和燕青一起去拜會一位在京城很有名氣的李師師姑娘，宋江送給她很多金子，原來李師師是皇上的好朋友，宋江想通過她見到皇上。之後，宋江便先回梁山泊去了。

元宵節那晚，燕青帶着李逵住在劉

莊，卻聽說劉家小姐被宋江搶去了，李逵很生氣，便跑回梁山泊教訓宋江。大家急忙把他攔住了，說宋江絕不會做這樣的事情。可是李逵不相信說：「你快還了劉太公的女兒，否則，看我怎麼教

訓你！」宋江怎麼解釋，李逵都不肯罷
休，宋江只好和他一起到劉莊對證。劉
太公仔細打量了宋江一番，説宋江不是
搶他女兒的那個人。但李逵仍然不信，
於是再叫全莊的人來辨認，全莊人都説

不是，李逵這才相信了。

李逵知道自己錯了，心裏十分後悔。他問燕青怎麼辦才好，燕青叫他「負荊請罪」，李逵便背着荊條，跪在宋江面前。李逵說自己誤會了宋江，請宋江打他幾十棒並原諒他。宋江說：「只要你捉到那個假宋江，救回劉太公的女兒，我便原諒你了。」李逵一聽立即跳起來，說：「我立即去把他捉來。」宋江便叫燕青和李逵一起去。他們得知搶劉小姐是住在牛頭山上的賊人，便趕到牛頭山，救出劉小姐，把她送回家去。

童貫領兵攻梁山

梁山泊的人馬越來越多,勢力也越來越大。於是有大臣請求皇上招安他們,皇上同意了,派陳太尉去招安。陳太尉帶着詔書和禮物來到梁山泊,阮小七和水手們把陳太尉帶來的好酒喝光了,換上了普通白酒。梁山泊眾頭領聽到詔書內容傲慢已經不滿,再喝到皇上賞賜的酒竟然是很普通的白酒,覺得皇上很沒誠意,十分憤怒。宋

jiāng pà dà jiā dǎ chén tài wèi　　jí máng hé lú jùn yì hù sòng

江怕大家打陳太尉，急忙和盧俊義護送

tā xià shān

他下山。

皇上聽說梁山泊拒絕招安，非常生氣，就派童貫領兵去攻打梁山泊。童貫

帶領大批人馬包圍了梁山泊，他以為一定能打勝仗。沒想到梁山泊好漢擺出九宮八卦陣，將八路兵馬排成八方四門，大敗童貫兵馬，童貫帶兵退到三十里外駐紮。

三天後，童貫帶着兵馬回來，這次他擺出了長蛇陣，以為一定可以破梁山泊的九宮八卦陣。誰知道吳用早已設下了十面埋伏，梁山泊兵馬兵分兩路，一前一後用炮火夾攻官兵。童貫又被打敗，只好帶着殘兵敗將狼狽地逃回去了。

高俅率水軍鬥羣雄

童貫打了敗仗，灰溜溜回到京城，

蔡太師不敢把實情告知皇上，說是軍士

水土不服，請求另派高俅帶兵去剿滅。

皇上同意了。

高俅帶着十三萬兵馬到達濟州，宋

江、吳用等人早就帶着許多好漢在那裏

等着他了。高俅下令向梁山泊發起進

攻，此時從蘆葦叢中衝出數十條小船，

船上亂箭齊飛，大刀狂砍，高俅的軍隊

被打敗了。

高俅逃回濟州後重整旗鼓，他征

集了一千五百多艘小船，把它們每三艘
連在一起，上面鋪上木板，日夜訓練水

兵，半個月之後，又來攻打梁山泊。

梁山泊的好漢們早已知道了消息，並且做好了準備。足智多謀的吳用又想出了一條妙計，他吩咐眾多水軍頭領，在小船裝滿乾柴和硫磺，屯駐在小港內，以便公孫勝到時作法祭風。

這天，高俅帶着大批兵馬殺來了，駛進梁山泊的戰船一艘緊接着一艘，船上金鼓齊鳴，士兵喊聲震天，但卻見不到梁山泊一條船。突然間，聽到山頂連珠炮響，只見公孫勝山頭作法，剎那間狂風大作，天空布滿黑雲。還沒等高俅反應過來，梁山泊的小船就趁着大風從四面八方衝出來，點燃船上引火的柴火，借風勢衝向高俅的戰船。

頃刻間，高俅的水軍就化為灰燼，高俅嚇得魂不附體，又再逃回濟州。

高俅船上被活捉

童貫和高俅都打了敗仗，皇上有些煩惱。他聽說梁山泊還是願意接受招安的，就派人送詔書往濟州，叫高俅對梁山泊進行招安。可是高俅自己卻另有打算，他看過詔書後，決定借招安的名義，一舉消滅梁山泊的好漢們。高俅通知梁山泊的好漢們到濟州城下，聽欽差大臣宣讀皇上的招安詔書。宋江非常高興，可是其他頭領都不想去。為免高俅有詐，細心的吳用作了應變措施。

於是宋江帶着梁山泊好漢們，來到

濟州城下，他心情激動地等着聆聽皇上
的詔書。可是高俅一心想把宋江殺死，
他把真詔書收起來，讓欽差大臣唸他自

己寫的假詔書。詔書上說梁山好漢們都是強盜，特別點明要殺掉宋江。大家聽了以後十分氣憤，花榮不由分說就搭弓放箭，一箭就射中了欽差大臣，高俅連忙逃回城裏去。

高俅下令官兵又趕造新的戰船對付宋江。但吳用自有對策，他讓梁山泊的小船團團圍住戰船，用鐵鈎勾住船舵，使戰船無法行駛。又派張順率領一羣水兵潛到水底，把高俅的每條船都鑿開了一個洞。船漏水了，高俅的三十隻新戰船沒多久就全部沉到水底。高俅無路可逃，被張順抓住了！

宿太尉梁山泊招安
sù tài wèi liáng shān pō zhāo ān

宋江仍然十分希望得到朝廷的招安，於是派燕青去見李師師，希望能由此見到皇上，表達他們為朝廷效勞的願望。李師師設法令皇上召見燕青。皇上問起梁山泊，燕青便説宋江替天行道，只想被皇上召進朝廷，為國效力。接着，燕青又去太尉府，請宿太尉請示皇上去梁山泊接宋江他們。宿太尉答應了，燕青就回梁山泊去覆命。

聽到這個消息，宋江非常高興，他用最隆重的禮節來接待宿太尉。宋江

帶着大家跪在忠義堂裏，大呼皇上萬歲。宋江領兵，打着「順天」、「護國」的旗幟進京。皇上目睹了梁山泊軍馬的風采，大加讚賞，下旨大擺宴席，為梁山好漢們接風洗塵。席間，皇上說遼國霸佔了我國土地，並任命宋江為破遼先鋒，盧俊義為副先鋒，讓他們帶領軍隊去攻打遼國。

終於可以為國效力，宋江非常激動！他帶着梁山泊的兵馬，浩浩蕩蕩地向遼國進發。遼國大將兀顏光和他的

兒子出來迎戰。宋江讓公孫勝叫大家擺出九宮八卦陣。遼軍從未見過這個陣法，糊里糊塗地就落入了圈套。接着公孫勝又使出法術，頓時煙霧迷漫，兀顏光的人馬什麼也看不見，混戰中，兀顏光被殺死了！

宋江率軍征南北

宋江大獲全勝凱旋歸來，皇上對他們的戰績十分滿意，給了他們許多賞賜。一天，宋江聽聞河北的田虎作亂，他主動向皇上請求去消滅他。兩軍對峙，田虎讓喬道清用法術召來五條巨龍，向宋軍撲過去。公孫勝不慌不忙，用法術變出了一隻大鳥，打敗了五條巨龍。宋江打敗了田虎，再次凱旋回京。

這時，又有叛亂消息傳來！王慶率兵開始造反。宋江接到命令，立刻帶着梁山泊的弟兄們前去剿滅王慶。宋江指

huī dà jūn qì shì xiōng xiōng de shā le guò qù　　wáng qìng nǎ dǎ
揮大軍氣勢洶洶地殺了過去，王慶哪打

de guò sòng jiāng a　　hěn kuài biàn bài le xià lái　　tā pǎo dào
得過宋江啊，很快便敗了下來。他跑到

jiāng biān　　jí jí máng máng de shàng le yì
江邊，急急忙忙地上了一

條漁船準備逃命。誰知宋江一早已派李俊扮成漁民等待着。小船駛到江心，王慶無路可走，就被活捉了。

不久，江南的方臘起軍造反，自稱皇帝，對抗朝廷，宋江又主動請纓去征剿方臘。方臘的兵馬遠遠少於梁山泊的軍隊，經過多番惡鬥，方臘的軍隊被打敗了，方臘本人也被魯智深活捉。宋江帶着梁山泊的好漢們南征北戰，浴血奮戰，雖然打勝了很多戰，但損失也很慘重，很多好漢都戰死了，原來的一百零八個好漢，如今只剩下三十六人。

梁山好漢生死別

宋江帶着剩下的朋友們回朝，途中很多人都紛紛離散了。魯智深死了；武松失去了一條胳膊，他不願進京，出家去了；楊雄、時遷和林沖都生病死了；燕青感到結局不會有好結果，就遊歷四方去了；李俊和童威、童猛到外國去了。阮小七又回到海邊釣魚，柴進回到鄉下當起了農夫，過起了自由自在的田園生活。

宋江見到眾弟兄死的死，別的別，心中無限傷感，但他和盧俊義還是希望繼續為朝廷效力，於是仍回朝中做官。

huáng shang yě jué de tā liǎ hěn néng gàn　　kě shì gāo qiú kàn jian
皇上也覺得他倆很能幹。可是高俅看見

huáng shang piān ài sòng jiāng hé lú jùn yì　　biàn hèn zài xīn li
皇上偏愛宋江和盧俊義，便恨在心裏，

一心想着要除掉他們。他設計在盧俊義的飯裏下了毒藥，害死了盧俊義。後來，他又在宋江的酒裏放了毒藥，宋江和李逵一起喝酒，就這樣，兩人被毒死了。

在外地任職的吳用時常想念宋江，一天夜裏，他夢見了宋江和李逵，他們説自己已經被高俅毒死了，叫他到他們的墳前看一看。吳用醒後吃了一驚，急忙趕到楚州，這才知道事情竟然是真的！這時，只見花榮飛奔而來，原來，花榮也做了相同的夢。兩個人邊説邊痛哭起來，誰也想不到梁山泊一百

零八位好漢的結局竟然是這樣的令人傷感！不久，皇上也夢見宋江向他哭訴被奸臣下毒害死一事，他十分傷感，責罵高俅等奸臣，並下令在梁山泊建了一座廟來紀念他們，叫做「靖忠之廟」，來往觀瞻拜祭的人絡繹不絕。

趣味思考

1. 武松在景陽岡打死了一隻老虎，而李逵去接母親打死了四隻老虎，為什麼武松打虎的故事遠勝過李逵打虎？

2. 吳用人稱「智多星」，是梁山的軍師。你認為他和諸葛亮有什麼相似之處嗎？

3. 在《水滸傳》一書中，有些人是被官府逼上梁山的，比如林沖；可有的人是被梁山泊的人用計「逼上」梁山的，比如朱仝。你怎麼看待這兩種情況呢？

4. 你認為宋江一心想被招安的原因是什麼？

5. 書一開始提到王進，他武功高強，還是史進的師傅，他被高俅陷害之後，走投無路，可是為什麼沒有上梁山？作者這樣設計有什麼用意嗎？

6. 魯智深和武松的武功都很厲害，如果兩人單打獨鬥，
你認為誰更厲害？

7. 宋江的武功非常平常，在梁山好漢中，他幾乎誰都
打不贏，但為什麼卻是梁山的首領？

8. 宋江當上梁山的首領後，把「聚義廳」
改成「忠義堂」，他為什麼要這樣改？
你覺得他的用意在哪裏？

四大名著 · 漢語拼音版

水滸傳

原　　著：施耐庵
插　　畫：立雄
責任編輯：潘宏飛
美術設計：李成宇
出　　版：新雅文化事業有限公司
　　　　　香港英皇道499號北角工業大廈18樓
　　　　　電話： (852) 2138 7998
　　　　　傳真： (852) 2597 4003
　　　　　網址：http://www.sunya.com.hk
　　　　　電郵：marketing@sunya.com.hk
發　　行：香港聯合書刊物流有限公司
　　　　　香港荃灣德士古道220-248號荃灣工業中心16樓
　　　　　電話： (852) 2150 2100
　　　　　傳真： (852) 2407 3062
　　　　　電郵：info@suplogistics.com.hk
印　　刷：中華商務彩色印刷有限公司
　　　　　香港新界大埔汀麗路36號
版　　次：二〇一三年七月初版
　　　　　二〇二二年四月第五次印刷

ISBN: 978-962-08-5767-6